Jürg Jenni

EINGEORDNET

*Reden ist Silber,
Schreiben ist Gold.*

Jürg Jenni

EINGEORDNET

Geschichten

Gedichte

Mundartgedichte
(Baseldeutsch)

Copyright © 2014 Jürg Jenni, Basel

1. Auflage

Covergestaltung: Jürg Jenni

*Herstellung und Verlag:
BoD – Books on Demand, Norderstedt
ISBN: 978-3-7322-9446-6*

INHALT

GESCHICHTEN 9
- *Pegasus* 11
- *Die Bummel* 16
- *Ursus*..................................19
- *Gute Mine zum bösen Spiel*...............24
- *Mann von Welt*..........................26
- *Ein Traum* 29
- *Rotwein* 30
- *Chefmanager gesucht*..........................32
- *Was nun?*..................................35
- *Der Mann im Zug* 36
- *Kevin*................................38
- *Der blaue Planet*..........................40
- *Gerechtigkeit* 41
- *Vielleicht*................................44
- *Einmal noch*................................48
- *Radieschen*...............................51
- *Sommerabend am See* 54

VON DER GESCHICHTE ZUM GEDICHT..61
- *Wintermorgen im Hochtal locker* ..62
- *Wintermorgen im Hochtal mittel*...63
- *Wintermorgen im Hochtal dicht*.....64

- GEDICHTE 67
  - Ein Anfang 69
  - An jenem Tag 70
  - Bessere Zeiten 71
  - An mich 72
  - Heisse Liebe 73
  - Mischling 74
  - Klosterleben 75
  - Feuerwerk 76
  - Reim aufs Leben 77
  - menschenskind! 78
  - Alles Gute 81
  - Zeit Punkt 82
  - Was? 83
  - Liebes neues Jahr 84
  - Segen 85
  - textgerippe 86
  - Akrostichon 87
- MUNDARTGEDICHTE 89
  - Mit de Joore 90
  - Muetterdaag 91
  - Goldigi Hochzyt. E Rezäpt. 92
  - Hauptsach s wöölelet 94
  - Zoo-Logik 96

Pegasus

Es war einmal eine Pferdeherde.

Diese lebte seit Pferdegedenken auf der nämlichen Weide. Sie erquickte sich an frischem Wasser, genoss saftige Kräuter und ruhte unter schattigen Bäumen.

Im Frühsommer beglückten die Hengste die Stuten, und im nächsten Jahr tollten die Folgen des Glücks über die Wiesen.

Das Leben war einfach und einfach so, wie es schon immer gewesen war.

Eines lieblichen Frühlingstages erblickte Pegasus das Licht der Welt. Der kleine Hengst erkundete bald wie alle anderen Fohlen auch neugierig und frohgemut die Welt.

Immer öfter aber blieb er mitten im Spiel für eine Weile stehen. Er beobachtete das Geschehen um sich herum, betrachtete die Landschaft, sog die Gerüche durch die Nüstern, lauschte den Klängen und empfand Licht und Wärme. Er bewahrte seine Eindrücke in Seele und Geist und dachte über alles nach.

Manchmal kam in solchen Momenten Aljenda, eine hübsche kleine Braune, zu ihm, rieb ihre Nase an der seinen und versuchte, ihn zurück zum Spiel zu locken.

Seine Eltern sorgten sich ein wenig und ermunterten Pegasus, sich öfter zu den Gleichaltrigen zu gesellen. Doch Pegasus war, wie er war.

Da er aber tüchtig der Muttermilch zusprach und auch sonst gesund und munter war, verflüchtigten sich ihre Bedenken mit der Zeit, und sie fanden sich damit ab, ein etwas besonderes Kind zu haben.

Sobald Pegasus begann, Gras und Kräuter zu fressen, warteten sie wie alle Eltern gespannt darauf, wie es wohl mit der Verdauung klappe.

Es gab keinen Grund zur Sorge. Geruch, Farbe und Beschaffenheit waren zu ihrer vollen Zufriedenheit.

Jedoch erleichterte sich Pegasus in höchst unregelmässigen Zeitabständen und mannigfaltigen Formen. Kaum je waren es gewöhnliche Pferdeäpfel.

Da lagen Kugeln, Schlangen, Kringel, Kegel und Ringe. Manche glichen Baumblättern, Steinen, Schnecken oder Pilzen. Einmal waren es grosse, ein andermal kleine Stücke, bisweilen nur eines und manchmal viele, aber immer sorgfältig gesetzt und adrett angeordnet.

Viele aus der Herde standen ein ums andere Mal staunend vor diesen Werken, und nicht wenige betrachteten Pegasus mit zunehmend ehrfürchtigen Blicken.

Das gewahrte er wohl, und eines Tages sagte er augenzwinkernd: »Ich sehe, wie ihr mich anschaut. Aber ich mache nichts anderes als ihr auch: Ich nehme auf, verdaue und gebe wieder.«

Die anderen nickten ergeben, entfernten sich mit nur mässig versteckter Bewunderung und widmeten sich wieder ihrem gewohnten Tagewerk.

Nur Aljenda, die hübsche Braune, blieb, legte sorgfältig eine vollkommene Kugel neben seinen kunstvollen Kringel und stellte sich ganz nahe neben ihn. Er betrachtete ihre Kugel mit Wohlgefallen, rieb liebevoll seine Nase an der ihren, und es kam so, wie man sich denken kann, dass es kommen würde.

Eines lieblichen Frühlingstages erblickte ihre Tochter Callasina das Licht der Welt. Wie jedes Fohlen tollte auch sie herum und schnaubte und wieherte vor Aufregung und Freude.

Jedoch wieherte sie kräftiger und schöner als alle anderen. Sie liess ihre Stimme gerne und oft ertönen, auch und gerade dann, wenn es keine Ursache dafür zu geben schien. Mit ihrem Alter wuchs auch ihr Können.

Wenn sie sang, hielten alle inne, kamen herbei und lauschten. Der Klang ihrer Stimme berührte die Herzen, ihre Melodien erzählten vom Leben.

Wenn sich die anderen, manche von ihnen eines ihrer Lieder nachsummend, wieder zerstreuten, blieb Elviso, ein lebenslustiger Rappe, bei ihr, rieb seine Nase an der ihren und wieherte ihr leise ein kleines Lied ins Ohr.

Darauf trabten die zwei gemeinsam über die Wiese und sangen ein fröhliches Duett.

Sie erprobten im Wechselgesang ihre Stimmen, erfreuten sich an alten Weisen und erfanden neue wunderbare Lieder, die sie den anderen vorsangen.

Sie wurden unzertrennlich, und es kam so, wie man sich denken kann, dass es kommen würde.

Eines lieblichen Frühlingstages erblickte ihr kleiner Bejarto das Licht der Welt. Er bewegte sich von Geburt an so geschickt und anmutig, dass sich alle an seinem Spiel erfreuten.

Mit der Zeit lernte er Sprünge, die die Zuschauer verzückten und erfand Tänze, die Geschichten erzählten und die er den anderen vortanzte.

Am liebsten tanzte er zu zweit mit der anmutigen Farruca. Sie wichen sich bald nicht mehr von der Seite, und es kam so, wie man sich denken kann, dass es kommen würde.

Ihre Tochter Juliberta hatte die wunderbare Gabe, alles vorspielen und alle nachahmen zu können. Jeder liebte ihre Vorführungen. Der geistreiche Moliero liebte darüber hinaus vor allem sie selbst, was Juliberta nicht im Geringsten missfiel.

So kamen und gingen die Jahre. Die Pferde lebten glücklich auf ihrer Weide. Und wenn sie nicht gestorben sind, so werden aus ihrer Mitte zweifellos auch fürderhin Fohlen mit dem Antrieb und der Gabe geboren werden, ihre Gefühle in besonderer Manier zu zeigen, die Welt auf besondere Weise zu beschreiben und Geschichten auf besondere Art zu erzählen.

Und zweifellos werden sie alle der Worte des unvergessenen Pegasus gedenken: »Ich mache nichts anderes als ihr auch: Ich nehme auf, verdaue und gebe wieder.«

[1]Endnote S. 104

Die Bummel

»Mama, schau mal, eine Bummel!«

Klein-Julia kommt mit einem Einmachglas in der Hand vom Garten ins Haus gerannt.

»Zeig her!«

Die Mutter betrachtet das Insekt. Es liegt mit angezogenen Beinchen reglos auf dem Boden des Glases.

»Man nennt sie Hummel, nicht Bummel. Sie bewegt sich ja gar nicht.«

»Nicht so laut«, raunt Julia streng, »die Bummel schläft.«

»Ich sehe keine Atembewegungen.«

»Sie ist hübsch, und sie schläft, und ich mache ihr ein schönes Bettchen«, sagt die Kleine und geht mit dem Glas wieder hinaus in den Garten.

Nach kurzer Zeit kommt sie wieder. Eine dünne Erdschicht bedeckt jetzt den Glasboden. Darauf liegt die Hummel in einem Bett aus Grashalmen, halb zugedeckt von einem Rosenblatt.

»Julia, sie bewegt sich nicht. Sie liegt immer noch gleich da.«

»Die Bummel träumt!«

»Die Hummel. Hummeln träumen nicht, glaube ich«, sagt die Mutter. »Diese ganz sicher nicht«, fügt sie leise und mehr zu sich selber hinzu.

»Meine Bummel träumt«, sagt Julia entschieden. »Sie träumt von einer wunderschönen Wiese«.

Die Mutter setzt zu einer Entgegnung an, schweigt dann aber, als sie sieht, wie ihre Tochter hingebungsvoll das kleine Tier betrachtet.

»Mama, was essen Bummeln?«

»Hummeln, Julia. Hummeln trinken Saft aus Blüten.«

Da kommt der Mutter ein Gedanke.

»Julia, wenn Dein Tierchen hungrig aufwacht, kann es ja gar nicht hinaus.«

Das leuchtet dem Kind ein. Es springt hinaus in den Garten und kommt nach einigen Minuten mit dem leeren Glas wieder herein.

»Ich habe sie mit ihrem Bettchen unter den Rosenstrauch gelegt, ganz nah bei den Blüten.«

Zufrieden mit sich und der Welt setzt sich Julia auf Mutters Schoss, und sie spielen Fang die Maus. Die Kleine hat leichtes Spiel gegen die gedankenverlorene Mama. Bald wird sie aber unruhig, rutscht vom Schoss und ergreift die Hand der Mutter.

»Komm, wir schauen nach, ob sie aufgewacht ist!«

Sie zieht die Mutter in den Garten zum Rosenstrauch.

»Ja, sie ist weg, sie sucht jetzt Blütensaft!«

Julia macht Freudensprünge und tanzt im Kreis.
Sie lacht übermütig und hüpft davon.

»Fang mich doch!«

Die Mutter erwischt sie, nimmt sie in die Arme
und hält sie ganz fest. Sie schaut hinüber zum
Ameisenhaufen hinter dem Rosenstrauch.

»Ja mein Schatz, jetzt ist sie weg, die Bummel!«

Ursus

Das Weibchen und die zwei Jungen hatte ein anderer Zoo übernommen. Nun war nur noch er da, Ursus, der Bär. Fünfunddreissig stolze Lenze zählte er, und er durfte noch sein tägliches Gnadenbrot entgegennehmen, bis er in den Bärenhimmel eingehen und der Zoo sein Gehege für eine andere Tierart umbauen würde.

Ursus war halb blind, schlief oft aus Altersmüdigkeit ein, und die Arthrose quälte ihn.

Er liebte es deshalb, ein gemütliches Bad im Wassergraben zwischen dem Land und der Einfassungsmauer zu nehmen, denn das Wasser entlastete und kühlte seine gemarterten Gelenke.

Sein Lieblingswärter hatte Mitleid mit ihm und legte ihm ein Stück Stammholz ins Wasser. Ursus gefiel das mächtige Spielzeug. Er drückte es unter Wasser, drehte und wendete es und freute sich täglich darüber.

Eines sonnigen Sonntags mit Tausenden von Zoobesuchern aber verkantete das Rundholz zwischen Land und Umfassungsmauer und blieb stecken. Ursus bemühte sich vergeblich, es wieder frei zu bekommen und wollte sich schon enttäuscht abwenden.

Aber da blickte er lange vom festsitzenden Holz zum oberen Rand der Mauer und erkannte seine

Chance. Fünfunddreissig lange Jahre schon hätte er gerne gewusst, wie es da draussen aussah, da, woher sein vertrauter Wärter täglich hereinschaute und ihm manchmal einen kleinen Extrabissen zuwarf. Er stieg entschlossen auf den Stamm und stützte sich an der Mauer ab. Mit den Vordertatzen konnte er die Brüstung erreichen und knapp über die Umrandung blicken.

Kreischend wichen die Zoobesucher zurück, und Eltern stellten sich schützend vor ihre Kinder.

Ursus überkam eine fast jugendliche Neugier. Mit ungeheurer Anstrengung zog er sich hoch und rollte mit letzter Kraft über die Mauer. Auf der anderen Seite fiel er hart zu Boden und blieb mit rasendem Puls und völlig ausser Atem liegen.

Von allen Seiten kamen sensationslüsterne Leute, ihre Kameras vorstreckend, langsam auf das alte Tier zu. Das Geschrei, die umher huschenden undeutlichen Schatten und die Blitzlichter verwirrten und ängstigten Ursus. Er warf in Panik den Kopf hin und her, worauf fast alle Menschen blitzartig wieder wegrannten.

Nur ein junger Mann mit harten Gesichtszügen, und sich unter dem eng anliegenden Leibchen deutlich abzeichnenden Muskelbergen, blieb stehen. Er zog eine Pistole aus dem Schaft seines Lederstiefels und ging langsam auf Ursus zu. Es wurde totenstill.

Aber als der Mann die Waffe hob, stürzten sich die Mitglieder des örtlichen Tierschutzvereins, die gerade an diesem Sonntag einen Ausflug in den Zoo machten, mit Gebrüll auf ihn, warfen ihn nieder und entwanden ihm die Pistole. Und bald schon war zwischen den Anhängern des jungen Mannes und denen des Tierschutzvereins die schönste Keilerei im Gange.

Ursus wünschte sich, vom Aufruhr völlig eingeschüchtert, nichts sehnlicher, als in sein sicheres Gehege zurückzukehren und versuchte sich aufzurichten, liess sich aber ob der grauenhaften Schmerzen in den Gelenken und einem unerträglichen Ziehen im Herz stöhnend wieder zu Boden sinken.

Das bewog einen Sektenprediger unter den Besuchern, auf eine Sitzbank zu steigen und lauthals zu verkünden, jeder möge sich bekehren und für die Seele der geschundenen Kreatur und das Wohlergehen der Zoobesucher beten, worauf ihm einige Lästerer zuriefen, wenn er mit dem unsäglichen Gewäsch nicht bald aufhöre, könne er gleich sein eigenes Testament machen.

Das veranlasste die Mitglieder der Sekte, die Flegel für diese Gotteslästerung ihre Fäuste schmecken zu lassen.

Die Vertreter einer rechten Partei brüllten, wenn sie an der Macht wären, würde Ruhe und Ordnung herrschen, und das habe man alles der linken Kuschelpolitik zu verdanken.

Darauf gingen die zufällig auch anwesenden Vertreter einer linken Partei wutentbrannt auf die Schreihälse los.

Das sei doch wie immer, wenn man die Polizei brauche, sei sie natürlich nicht da, keifte eine aufgetakelte Matrone, worauf ihr ein Polizist in Freizeit und Zivil eine Ohrfeige verabreichte, die sie ihm aber postwendend zurückgab, worauf sich die Familien der beiden aufeinander warfen.

Ein Saubetrieb sei das und kein Zoo, rief verächtlich eine Gruppe Wirtschaftsleute, die darauf eine Tracht Prügel von erbosten Zoowärtern bezog.

Die Alten und die Familien mit Kindern flüchteten aus dem Zoo und verfolgten das Geschehen zu Hause bei Chips und Bier in einer Direktübertragung am Fernsehen weiter.

Im Zoo prügelten die verschiedenen Gruppen munter weiter, über dem Zoo kreisten die Hubschrauber der Medienvertreter, und ausserhalb des Zoos heulten rasch näher kommende Sirenen.

Aber auch die aus verschiedenen Regionen anrückenden Polizeikräfte verdroschen sich bald gegenseitig, da die einen für die gleiche Arbeit niedriger entlöhnt wurden als die anderen und die anderen den einen den höheren Sonntagszuschlag missgönnten.

Zu guter Letzt rückte die Armee an, trieb die Leute auseinander und räumte den Zoo.

Im Tierpark war es nun still und leer. Auf dem Weg vor seinem Gehege lag reglos Ursus, der Bär. Er war unbeachtet inmitten des Tumults an einem Herzinfarkt gestorben.

Gute Mine zum bösen Spiel

Eigentlich weiss ich ja, dass das alles zu meiner Bestimmung gehört. Und trotzdem: Wer glaubt, dass ich meine Kugel ruhig schieben kann, der irrt.

Jedes Mal schaudert es mich vor dem Druck, als wäre es das erste Mal. Obwohl er doch ein alltäglicher und selbstverständlicher Teil meines Lebens ist, belastet er mich zunehmend.

Einen einmaligen, entschlossenen und zielgerichteten Druck kann ich ja noch akzeptieren. Immerhin entsteht danach etwas.

Als geradezu ekelhaft aber empfinde ich einen unentschlossenen Druck, der meine Feder zusammenpresst und den Beginn einer Aufgabe vortäuscht, nur um sogleich durch einen erneuten gefühl- und gedankenlosen Druck zurückgenommen zu werden, mich im Zustand der Ungewissheit und Leere zurücklassend. Ein unfreiwilliger Coitus interruptus sozusagen.

Restlos unzumutbar jedoch sind die nervösen und unbewussten Druckbewegungen, die wohl ein Dutzend Mal hintereinander in rasender Schnelligkeit und mit zufälliger Frequenz auf mein Innenleben prasseln, ohne danach meine Fähigkeiten auch nur ansatzweise zu beanspruchen.

Wo bleibt da die Wertschätzung, wo der Respekt?

Ab und zu wenigstens darf ich mithelfen, Schönes, Bereicherndes und zuweilen Geniales festzuhalten und anderen zugänglich zu machen.

Aber was für monströse Schandtaten auch werden mit mir angerichtet, welche ungeheuerlichen Machwerke verbrochen! Und als hilfloses Werkzeug muss ich gute Mine zum bösen Spiel machen.

Nun ist das Ende meiner Leiden absehbar. Meine Mine ist bald leer und, anders als die vieler meiner Artgenossen, nicht auswechselbar.

Hab ich da jemanden sagen hören, Dinge hätten keine Seele?

Mann von Welt

Seine Freunde nennen ihn Freddy, seine Kumpel Fred, seine Familie Alfi und die Anderen Alfred. Eva, seine momentane Lebensabschnittspartnerin, sagt Darling zu ihm, Alfred sagt Sweetheart zu ihr. Alfred ist immer braungebrannt und gelfrisiert, und Alfred ist weit gereist.

Natürlich all inclusive, sagt er. Das sei eine Frage der Vernunft. So müsse man nicht andauernd Geld mit sich herumtragen und habe alles Nötige am gleichen Ort, so dass man den Hotelkomplex gar nicht erst für ungewisse Unternehmungen zu verlassen habe. In jedem Land gebe es Gauner. Und zudem komme es so unter dem Strich erst noch am günstigsten.

Alfred zeigt sehr gerne Ferienfotos.

Auf einem der Fotos sieht man einen grossen Swimming Pool im Innenhof eines riesigen Hotels. Mit dem Wetter hätten sie es damals nicht gerade getroffen, aber das Essen sei hervorragend gewesen. So knusprige Pommes frites und perfekt grillierte Steaks habe er sogar zuhause noch selten gehabt, und das Personal habe deutsch gesprochen.

Das müsse in der Türkei gewesen sein, weil man auf dem Foto Marianne sieht. Mit ihr sei er damals nämlich verheiratet gewesen.

Ein anderes Bild zeigt Alfred und seine damalige Freundin Anna mit einem anderen braungebrannten Paar an einer Bar am Pool im Innenhof eines grossen Hotels. Im Zimmer habe er nichts vermisst: TV, Internet, Kühlschrank, grosses Bad, alles wie zuhause. Das sei in Kenia gewesen. Da hätten sie nämlich dieses Paar auf dem Bild, Susanne und Kevin, kennen gelernt, auch Globetrotter wie sie. Und weil sie sich auf Anhieb sympathisch waren, hätten sie gleich gemeinsam die nächsten Ferien gebucht.

Deshalb weiss Alfred auch bestimmt, dass das nächste Bild aus Griechenland stammen muss. Geknipst habe es seine damalige Partnerin Juliette. Es zeigt Susanne, Kevin und Alfred beim idyllischen Blick von einer Hotelterrasse über Innenhof, Pool und Strand hinaus auf das blaue Meer. Den Inselnamen weiss er nicht mehr genau, so einer mit os am Schluss halt. Aber an das allabendliche Erstklassbuffet erinnert er sich noch bestens. Und an die netten Landsleute am gleichen Tisch. Und an den ganz gut deutsch sprechenden Hotelmanager. Der habe halt für einige Jahre in der Schweiz arbeiten dürfen.

Dann präsentiert er stolz Mitbringsel aus aller Welt, die er bei den Strandverkäufern dank seiner souveränen Verhandlungskunst überaus günstig erstanden habe: Sonnenbrillen, T-Shirts, Baseballkappen, Seidenschals, Modeschmuck.

Alfred gerät ins Schwärmen und präsentiert weitere repräsentative Hotels, tiefblaue Pools und braungebrannte Bekannte auf Fotos von Mexico, Malta, Spanien, Italien, Frankreich, Südafrika und Portugal.

Sogar eine Reise in ein arabisches Land würde er einmal riskieren, wenn er sicher sein könne, dass die Infrastruktur stimme. Und all inclusive eben.

In die nächsten Ferien reist er für einmal alleine. Im Charterflugzeug lernt er Nadine kennen. Sie hat den Sitz neben ihm gebucht. Sie ist eine hübsche Single, die er während der Reise für die Komplettierung seines Ferienerlebnisses genügend vorgewärmt zu haben glaubt.

Als Alfred an der Réception des Ferienhotels eincheckt, sagt die Hotelangestellte freundlich: „Ah, Mister Freddy from Sweden." Freddy korrigiert sie unwirsch und sagt kumpelhaft zu Nadine, die hier in der Slowakei wüssten nicht einmal den Unterschied zwischen Schweden und der Schweiz.

Sie seien hier in Slowenien, erwidert sie kühl und geht ihrer Wege.

Ein Traum

Einmal hatte ich einen schrecklichen Traum.

In diesem Traum sollte ich meinen vierzigsten Geburtstag feiern. Ich hatte aber fürchterliche Angst, so unsagbar alt zu werden.

Während vor versammelter Gästeschar der Geburtstagskuchen aufgetragen wurde, hoffte ich inständig, dass sich der Irrtum in letzter Sekunde aufklären und sich herausstellen würde, dass ich eigentlich erst dreissig war.

Gerade, als ich die Kerzen auf dem Kuchen ausblasen sollte, liess mich ein gnädiges Schicksal erwachen.

Schweissgebadet stand ich auf und ging ins Badezimmer, um mir das Gesicht zu waschen.

Ich betrachtete mich im Spiegel , erschrak und kam nicht umhin, zu akzeptieren, dass ich in wachem Zustand bereits fünfzig war.

Und diese Geschichte ist mir vor zehn Jahren passiert!

Rotwein

Er blickte im Halbdunkel der Stube über den Rand des Rotweinglases hinüber zur Puppenstube seiner Enkelin, in der er plötzlich eine Bewegung wahrnahm.

Eine handgrosse Puppe aus Vinyl hob den Kopf, setzte sich aufrecht hin und blickte ihm geradewegs in die Augen.

»Das reicht jetzt«, sagte sie streng.

Er beugte sich vor. »Was?« sagte er ungläubig.

»Jeden Tag ist es das gleiche Trauerspiel. Du säufst in den Abend hinein, lallst dann unsittliche Lieder, heulst vor Selbstmitleid, sabberst auf den Tisch, schläfst ein, schnarchst, dass Gott erbarm und erzählst im Schlaf von Dingen, die ich gar nicht wissen will. Es ist unerträglich.«

»Du bist ein Traum«, sagte er mit schwerer Zunge, »Puppen können gar nicht sprechen und sich selber bewegen.«

»Halt's Maul«, sagte die Puppe, »deine Enkelin weiss es besser. Sie spricht mit mir, spielt mit mir, gibt mir zu essen und macht mir das Bett. Sie ist ein guter Mensch. Nur, dass die Nachbarn so ekelhaft sind, hat sie verschwiegen, als sie mich hier einziehen liess.«

Er wachte auf, als ihn seine Enkelin schüttelte. »Steh auf Opa. Das Abendessen ist bereit.«

»Deine Puppe hat mich beschimpft«, reklamierte er. »Sag ihr, dass sie das nicht darf.«

»Aber Grossvater«, lachte die Kleine, »das ist doch nur eine Puppe. Du weisst genau, dass Puppen gar nicht sprechen können. Und du sollst nicht so viel trinken, hat Mami gesagt.«

Dann ging sie hinüber zur Puppenstube, nahm sorgsam die Puppe in die Hand und zwinkerte ihr zu. Die Puppe grinste und zwinkerte zurück.

Chefmanager gesucht

Als Gott Chefmanager der Erde wurde, begann eine Erfolgsgeschichte.

Er liess ein lebensfreundliches Klima einrichten und gründete die Bereiche Pflanzen und Tiere, die beide im Schichtbetrieb laufend neue Arten entwarfen.

Ab und zu beeinträchtigte zwar ein Meteorit oder eine Eiszeit die Produktionsbedingungen für ein paar Hunderttausend oder ein paar Millionen Jahre.

Dann strukturierte Gott die Kontinente um, reorganisierte die Klimazonen und brachte jedes Mal den Konzern wieder zur Blüte.

Und so hätte es in Ewigkeit weiter gehen können.

Aber einerseits klappte es mit der Entwicklung der Ewigkeit, an der schon länger gearbeitet wurde, nicht so recht.

Und andererseits gab es erhebliche Schwierigkeiten mit der Hölle. So hiess konzernintern der unterirdische Geschäftsbereich, wo Magma, Gase, magnetische Kraftfelder und Ähnliches erzeugt wurden.

Immer wieder gab es unkontrollierte Ausbrüche zur falschen Zeit am falschen Ort. Zudem stanken diese grauenhaft und waren nicht selten äusserst giftig.

Im Geheimen hatte Gott schon das eine oder andere Mal an eine Ausgliederung der Hölle gedacht, und als wieder einmal ein massenhafter Ausbruch schädlicher Gase alle anderen Geschäftsbereiche in den Abgrund zu ziehen drohte, reichte es ihm endgültig.
»Zum Teufel mit der Hölle, ich kaufe mir dafür den Himmel!« rief er aus und setzte diesen Entschluss sogleich in die Tat um.
Es war eine weise Entscheidung. Der Teufel griff zu, und die Konkurrenz von Himmel und Hölle belebte das Geschäft für Millionen von Jahren.
Und so hätte es wiederum in Ewigkeit weiter gehen können.
Aber einerseits gab es immer noch keine zuverlässige Ewigkeit. Unter der Hand wurde mittlerweile sogar gemunkelt, Ewigkeit sei grundsätzlich nicht machbar.
Und andererseits brachten Himmel und Hölle als Gemeinschaftsprodukt den Menschen auf den Markt. Dieser liess sich zu Beginn zwar noch von himmlischen und höllischen Regeln lenken. Doch unaufhaltsam vermehrte und verbreitete er sich, gewann an Wissen und Macht, stellte eigene Regeln auf und brachte alle anderen Geschäftszweige in Gefahr.
Himmel und Hölle verbrauchten ihre Kräfte mit ebenso zahl- wie erfolglosen Machtwor-

ten, Werbefeldzügen und Rückrufaktionen. Die ehemals so mächtigen Weltkonzerne verkamen allmählich zu Übernahmekandidaten, und wer will es Chefmanagern vom Range eines Teufels oder Gottes verdenken, wenn sie in Anbetracht solcher Umstände ernsthaft eine berufliche Veränderung erwägen?

Gesucht werden Chefmanager mit Branchenkenntnis, die die Erde auf einen Erfolgskurs zurückbringen können.

Der Planet hat Potential.

Was nun?

Es war ja nicht so, dass es schon schlecht angefangen hätte. Im Gegenteil, die Bedingungen erschienen ihm ideal.

Raumtemperatur und Luftfeuchtigkeit erreichten angenehme Werte.

Die Beleuchtung war hell, blendete aber keineswegs, und harmonisch aufeinander abgestimmte Farbtöne schmeichelten seinem Auge.

Die in Griffweite und perfektem Griffwinkel bereitliegenden Zeitschriften boten für jedes Interesse etwas.

Platz war im Überfluss vorhanden.

Den Kontakt zwischen Körper und Material empfand er als geradezu wohltuend. Er verspürte keinerlei unangenehme Druckstellen.

So genoss er das beinahe wollüstige Gefühl der Erlösung beim Wechsel von unsäglichem Druck zu himmlischer Entspannung auf das Äusserste.

Erst als er angenehm ermattet die Hand ausstreckte, bemerkte er, dass der Rollenhalter leer und auch keine Ersatzrolle greifbar war.

Der Mann im Zug

Der Mann gegenüber ist geschätzt innen vierzig und aussen mindestens fünfzig Jahre alt. Er ist schlank, aber alles an ihm hängt, die Lider, die Tränensäcke, die Wangen, die Haltung.

Es ist ein alter Waggon. Die Farben der Einrichtung sind trist und schaffen im Innern eine düstere Stimmung, die in scharfem Gegensatz zu der sonnigen Abendstimmung draussen steht.

Der Mann liest in einer Pendlerzeitung und kratzt sich unter dem blauverwaschenen T-Shirt andauernd mit der linken Hand im Bereich der linken Taille.

Draussen bescheint die Abendsonne Reihen um Reihen von Reiheneinfamilienhäusern, die auf Reihenheimkehrer warten.

Der Mann ist einfach gekleidet: Bluejeans, Lederjacke, graue Socken in schwarzen Sneakers. Passt alles zum Zweitagebart. Jetzt kratzt er sich mit der rechten Hand an der rechten Wange.

Drei junge Frauen im nächsten Abteil wechseln in entspanntem und fröhlichem Feierabendton fliegend zwischen Mundart, Hochdeutsch und einer anderen, wahrscheinlich slawischen, Sprache.

Der Mann wirkt im Profil wesentlich jünger als in der Frontalansicht. Er prüft seine Fahrkarte, eine Einzelfahrkarte. Ein Pendler mit Pendlerzeitung ohne Dauerkarte?

> Ich hasse Tunnels. Keine Aussicht, künstliches Licht, grosser Lärm und allmählich eindringender Tunnelmief.

Der Mann legt die Zeitung weg, beugt langsam den Oberkörper vor und verlagert das Gewicht auf die Füsse. Die Endstation ist nahe, er kennt die Strecke.

> Das Lachen ist schon lange ausgestiegen. Nur in einem Abteil ist noch ein letztes leises Gespräch im Gange. Einige sitzen noch da und warten auf das Ende des Aussteigegedränges.

Der Mann steht auf, und jetzt erst erkenne ich den in Körperform gepressten Plastiksack, der die ganze Zeit hinter ihm verborgen gewesen war. Arbeitskleider vielleicht?

Beim Aussteigen verliere ich ihn aus den Augen. In der Unterführung überholt er mich dann, cowboybeinig, eine Zigarette zwischen den Lippen.
Eigentlich habe ich nichts anderes erwartet.

Kevin

Tanja hiess sie. Kevin hatte sie am Samstag in der Disco in der Stadt kennen gelernt.

Nur schon ihr Anblick hatte seinen Hormonhaushalt aus dem Ruhezustand auf Maximalbetrieb schnellen lassen. Sie hatte sich von ihm eine Cola bezahlen lassen, ihm erzählt, dass sie mit dem Zug von und zum Lehrstellenort pendle, einmal mit ihm offen getanzt und sich zum Abschied sogar eine Andeutung von Kuss auf die Wange geben lassen. Das konnte, ja musste ein Anfang sein!

Und nun stand Kevin am Montagabend kurz nach dem Nachmittagsunterricht und viel zu früh in der Bahnhofsunterführung und konsultierte zum hundertsten Mal die Ankunftsanzeige, um ja nicht am falschen Bahnsteig zu stehen.

Er war nicht sicher, ob noch genügend Abdeckcrème auf seinen Pickeln übrig war und bereute zutiefst, diese und nicht die andere Jeans angezogen zu haben. Er platzierte sorgfältig eine Haarsträhne quer über der Stirn, überlegte, ob es günstiger wäre, sich selbstbewusst in der Mitte oder zurückhaltend an der Seite zu präsentieren und konnte sich vor allem partout nicht entscheiden, wie er sie denn ansprechen sollte.

Und er wusste es immer noch nicht, als sie Arm in Arm mit einem sträflich gut aussehenden Jungen an ihm vorbeiging, ihn, ohne stehen zu bleiben, eines flüchtig hingeworfenen: »Ciao, äh, Melvin?« würdigte und im Weitergehen ihrem Begleiter die Hand in die Gesässtasche schob.

Der blaue Planet

Wäre ich ein Planet und hätte die Menschheit zu tragen, wäre ich unzweifelhaft ebenfalls am liebsten blau.

Gerechtigkeit

In einer Schulklasse war ein Disput ausgebrochen. Der Lehrer hatte den Kindern unterschiedliche und auch verschieden viele Hausaufgaben auferlegt. Das sei doch ungerecht, beklagten sich die Kinder.

Der Lehrer bemühte sich eine Weile vergeblich, die Wogen zu glätten. Zu gross war die Aufregung, zu stark das Gefühl, ungerecht behandelt worden zu sein.

Was denn gerecht sei, fragte er schliesslich die Kinder.

Nur eines wusste auf Anhieb ein Beispiel für eine gerechte Behandlung zu erzählen.

Aber alle erinnerten sich an zahlreiche Erlebnisse, in deren Verlauf sie ihrer Meinung nach ungerecht behandelt worden waren. In der Erinnerung an das erlittene Unrecht wuchsen die gemeinsame Entrüstung und das Durcheinander weiter an.

Um die Stimmung zu beruhigen, und auch, weil die Pause nahte, sprach der Lehrer schliesslich ein Machtwort und verlangte von der Klasse zu erfahren, was denn nun Gerechtigkeit sei.

Die Kinder stimmten ab und waren sich vollkommen einig:

Gerecht sei, wenn jeder gleich behandelt würde und das Gleiche bekomme.

Immer noch laut palavernd ging die Klasse in die Pause. Bei willkommener Zwischenverpflegung und körperlicher Betätigung im Freien kühlten sich die Gemüter etwas ab, und die Kinder kehrten nach der Pause einigermassen beruhigt ins Klassenzimmer zurück.

Aber kaum setzten sich die ersten an ihre Plätze, kam von neuem Ärger auf:

»Mein Tisch ist zu niedrig, da muss ich mich viel zu stark hinunterbeugen.«

»Mein Stuhl ist zu tief. Ich habe die Knie am Bauch oben!«

»Mein Stuhl ist viel zu hoch, ich kann nicht einmal meine Füsse abstellen!«

»Mein Tisch ist zu hoch. So kann ich nicht schreiben und malen!«

Sie hatten alle recht.

Der Lehrer hatte nämlich auf seinen Kaffee im Lehrerzimmer verzichtet, um während der Pause alle Stühle und Bänke auf die genau gleiche Höhe einzustellen. Er sagte, nun hätten doch alle das Gleiche und erinnerte die Kinder an ihr Abstimmungsergebnis zum Thema Gerechtigkeit.

Ein paar wenige reklamierten noch, die meisten aber begriffen, und einige lachten sogar. Dann nahmen sie das Gespräch über Gerechtigkeit wieder auf.

Es wurde diesmal zwar ebenso intensiv, aber viel überlegter als zuvor geführt. Über die Hausaufgaben wurde gar nicht mehr gesprochen, und zum Schluss halfen sie sich gegenseitig, Tisch- und Stuhlhöhe passend zum jeweilgen Kind einzustellen.

Nach Unterrichtsschluss sass der Lehrer alleine im Klassenzimmer, genoss die Stille, atmete kräftig durch und war leidlich zufrieden mit sich selber.

Dann erhob er sich, um seine Sachen zu packen und wünschte sich dabei im Stillen, dass man doch alle Lebensregeln mit einer guten Idee, etwas Zeit und ein bisschen Schweiss so deutlich und nachhaltig aufzeigen könnte.

Vielleicht

Es geht schon gegen Abend an diesem brütend heissen Sommertag. Alles steht still. Nur die Wanduhr zertickt unerbittlich die Zeit in zählbare und vergängliche Teile.

Durch das offene Fenster höre ich den aufkommenden Wind, der, langsam zum Sturm erstarkend, dichtes schwarzes Gewölk vor das Blau des Himmels schiebt. Die Bäume rauschen und ducken sich unter seiner Faust.

Der Wind hat den Himmel bald vollständig mit Wolken bedeckt, zieht sich jetzt allmählich zurück und begnügt sich, mit gelegentlichen Böen seine Macht in Erinnerung zu rufen.

Grau schleicht sich in alle Farben, der Tag wird zur Nacht. Spannung liegt in der Luft, ein Gewitter wird geboren.

Ich habe niemandem gesagt, dass ich für eine Zeitlang weg gehe, und schon gar nicht wohin. Ich will ganz zu mir kommen, ganz bei mir bleiben, für eine kleine Ewigkeit nur mir selbst verpflichtet sein. Ich will die Schwere ergründen und herausschreiben, die sich seit geraumer Zeit in meinem Innersten angesammelt hat.

Und jetzt sitze ich da vor einem leeren Blatt Papier, allein an diesem Ort in den Bergen. An diesem Ort, aus dem ich nicht komme, in diesem Haus, das ich nicht kenne, an diesem Tisch, der nicht mir gehört und vor dem Blatt mit dieser Leere, die mein Eigen ist.

Ein frischer Windzug prüft den Sitz der Vorhänge, pustet das Blatt vom Tisch und holt mich in den Lauf der Zeit zurück.

Die dunkle Kühle lockt mich, saugt mich aus dem Haus. Es beginnt zu regnen. Die grossen, weichen, freundlichen Tropfen kühlen meine Haut, streicheln mein Gesicht, legen mir die Haare satt auf den Kopf und die Kleider eng an den Körper.

Im steil abfallenden Gelände werden meine Schritte kürzer und schneller. Mein Atem und mein Herzschlag beschleunigen sich. Hand in Hand ziehen mich Schwerkraft und Schwermut talwärts.

Von unten rauscht kräftig der Fluss. In der Dunkelheit höre ich ihn mehr als ich ihn sehe. Ich bleibe am Ufer stehen und lausche seiner drängenden Botschaft.

Im Licht eines Blitzes glitzern Schaumkronen und tanzen in rasender Fahrt auf schwarzen Wellen vorbei. Der Donner lässt die Luft erzittern.

Mächtig zieht der Lauf des Wassers meinen Blick mit sich, und da gewahre ich einen Steinwurf weiter unten am gegenüberliegenden Ufer schemenhaft einen Menschen. Er steht so nahe am Fluss, dass seine Füsse wohl schon das Wasser berühren. Den Kopf talwärts gewandt verharrt er unbeweglich, wer weiss wie lange schon.

Da erlischt jäh die Spannung in seiner Haltung, und er kippt unendlich langsam und wie von unsichtbaren Fäden gezogen in behutsamem Fall vornüber in die reissende Strömung.

Es ist unglaublich, wie harmonisch und folgerichtig es wirken kann, wenn ein Mensch sich seiner Geschichte ergibt.

Ich renne nicht hinzu, rufe nicht, winke nicht. Ich tue nichts. Ich erwäge nicht einmal, etwas zu tun. Ich schaue zu, wie er der bittersüssen Versuchung nachgibt, alles hinter sich zu lassen und alles mit sich zu nehmen.

Die Gestalt verschwindet in den Fluten, und ich stehe da, wie die Bäume da stehen, davor wie danach, und die ganze Zeit über war nichts zu hören als die ewige Stimme des Wassers.

Dann beginne ich wieder zu denken. Es wäre bestimmt nicht sein Wille, gefunden zu werden, sage ich mir und wende mich zum Gehen.

Wie ich langsam wieder zum Haus zurück steige, versiegt allmählich der Regen. Die Abendsonne bricht durch die abziehenden Wolken und wärmt mich. Mit jedem Schritt wird mir leichter, und ich freue mich fast schon auf mein leeres Blatt.

Je stärker die Sonne durchkommt, je wärmer mir wird, je höher ich steige, desto unsicherer erscheint es mir, ob sich alles genauso zugetragen hat. Es war doch so dunkel und die Gestalt nur undeutlich zu sehen.

Vielleicht war es ein abgestorbener Baum, der vom Fluss mitgerissen wurde.

Vielleicht war es nicht einmal das.

Vielleicht habe ich mir nur etwas eingebildet.

Vielleicht.

Einmal noch

Einmal noch wollte sie es versuchen.

Nicht, weil sie nun doch aus irgendeinem Grund besondere Freude an der Aufgabe gewonnen hätte, nicht, weil ihr im Schlaf eine traumhafte Idee gekommen wäre und auch nicht, weil sie sich einen Gewinn bestimmter Art versprach.

Nein, sie wollte ganz einfach nicht an dieser Schreibwerkstatt teilnehmen und gleich zu Beginn beichten müssen, sie habe schon die allererste Aufgabe nicht geschafft.

Alle Teilnehmenden sollten nämlich einen eigenen Text mitbringen, Computerausdruck, eine halbe bis maximal eine A4-Seite lang, in zwölffacher Ausführung und mit dem Satz ‚Einmal noch wollte sie es versuchen.' beginnend.

Und nach diesem Ansinnen hatte die Kursleiterin die schriftliche Aufgabenstellung noch mit ‚Freundliche Grüsse' beendet!

Dabei hatte der erste Versuch ganz angenehm begonnen. Die Sätze formulierten sich fast von selbst, nicht *sie* schrieb, *es* schrieb. Sie freute sich darüber, aber nur, bis sie merkte, dass die Sätze tatsächlich vorformuliert waren. Das Ganze war nämlich eine Ansammlung von Versatzstücken aus Texten anderer, die sie irgendwann einmal gelesen oder gehört hatte. Sie stammten aus Romanen, Novellen, Glossen, Radiosendungen, ja selbst aus der Werbung. Dieser Text war nicht aus ihr heraus geboren, sondern von aussen zugeflogen. So nicht, nicht so wie so viele andere auch, dachte sie und löschte das Geschreibsel ohne zu zögern von der Festplatte.

Beim zweiten Versuch vermied sie Plagiate mit solcher Gewalt, dass sie sich verkrampfte und kaum einmal mit auch nur einem Teilsatz zufrieden war. Es blieb ihr wiederum nur der schriftstellerische Reset.

Den dritten Versuch brach sie ab, weil ihr schlussendlich alle Handlungsstränge, die sie sich erdacht hatte, platt vorkamen:

Jemand, der die bestellten Kleider zum wiederholten Mal zurückschickte, weil die Grösse nicht passte, die falsche Farbe geliefert wurde oder der Rechnungsbetrag nicht stimmte;

ein Mann, der bei jedem erbettelten Rendezvous mit seiner neuesten Lebensabschnittspartnerin nicht über den platonischen Anteil der Liebe hinauskam;

eine Frau, die schon unendlich lange versuchte, bei einem Radiotelefonwettbewerb durchzukommen, bei dem man ein Telefon gewinnen konnte und dergleichen Ideen mehr.

So ein Blödsinn, so ein Wahnsinn, so ein Schwachsinn, so ein Unsinn, so überhaupt kein Sinn!

An Wut auf die Welt, Selbstmitleid und einer Überdosis Koffein leidend schloss sie erschöpft die Augen und unsanft den Deckel des unschuldigen Notebooks und ergab sich einer namenlosen Resignation.

Da fiel jeglicher Druck von ihr ab, und in dieser absoluten Entspannung wurden ihre Gedanken wieder leicht. Nach dem emotionalen freien Fall stand sie auf dem Grund ihrer Gefühle.

Und jetzt, da es unten nicht mehr weiterging, konnte sie wieder aufblicken. Sie erinnerte sich an ihre Fähigkeiten, sammelte neue Kräfte und entdeckte ihren Trotz.

Sie baute Körperspannung auf, löste den Rücken von der Stuhllehne, öffnete die Augen und den Deckel des Computers, sicherte ein neues Dokument unter einem neuen Namen und begann zu tippen:

Einmal noch …

Radieschen

Das vergilbte zusammengefaltete Papier hatten sie beim Entrümpeln des Dachbodens gefunden. Als seine Frau es zusammen mit alten Heften und Zeitschriften zu einem Altpapierbündel verschnüren wollte, kam sie auf die Idee, es zu öffnen.

Es war ein Plan. Trotz Rissen und Falten konnte man auf den ersten Blick erkennen, dass er den Grundriss des Erdgeschosses und des Gartens ihres Hauses, das sie vor kurzem von einer alleinstehenden Frau gekauft hatten, zeigte.

Die Verkäuferin hatte ihnen erzählt, ihr Mann sei vor einiger Zeit in mittlerem Alter auf einer archäologischen Expedition verschollen, und sie wolle nicht mehr allein in einem Haus leben, schon gar nicht in diesem.

Als sie den Plan betrachteten, hätten sie beinahe eine winzige, von Hand hingekritzelte und kaum mehr erkennbare, Markierung übersehen. Sie lag in der hinteren Hälfte des Gartens, wo sie erst gerade zwei Gemüsebeete angelegt hatten.

Was konnte sie bedeuten?

Sie dachten zuerst an eine Standortbestimmung für eine Baumpflanzung oder eine Wäschespinne. Schliesslich sagte die Frau betont beiläufig, da könne ja auch etwas Wertvolles vergraben sein und lachte ein bisschen zu laut.

Er lachte ebenfalls, baute die Vorstellung aber nur allzu bereitwillig aus. Hatte nicht eben die Presse von einem Rentner berichtet, der Zehntausende von Franken in bar gefunden hatte, die seine ältere Schwester im Garten vergraben hatte, bevor sie nach einem Leben in Sparsamkeit gestorben war?

Sie waren sich einig. So etwas sei unwahrscheinlich, ja fast undenkbar. Aber zumindest in seltenen Fällen könnten solche Dinge wahrscheinlich eben doch passieren, und es sei doch nichts dabei, wenn man unverbindlich nachschaue, und wenn da nichts sei, dann sei da eben nichts. Dann würden sie als zivilisierte Menschen gemeinsam über ihre kindlichen Träume schmunzeln. Aber eben, vielleicht fände man ja auch etwas Wertvolles, einen für die Wissenschaft interessanten Gegenstand zum Beispiel und könne so der Menschheit einen Dienst erweisen.

So und ähnlich versuchten sie zu überspielen, dass sich die Neugier in schiere Gier verwandelte. Der Mann verstieg sich sogar zu der Aussage, es müsse sowieso nicht sein, dass sie Geld fänden, sie seien ja auch so schon glücklich miteinander. Die Frau meinte, man könne es ja dann für gute Zwecke spenden.

Und so schaukelten sie sich in ihren Bescheidenheitsbezeugungen gegenseitig hoch, bis sie selber fast schon glaubten, es sei ihnen peinlich, auf bequeme Art reich zu werden.

Als sie schliesslich fieberhaft unter den reifenden Radieschen zu graben begannen, hatten sie bereits jeglichen An- und Verstand verloren.

In etwa einem Meter Tiefe stiessen sie auf einen Schädel mit einem kleinen kreisrunden Loch im Hinterkopf, der zur halbverwesten Leiche eines Mannes in mittlerem Alter gehörte.

Sommerabend am See

Prolog

Wir waren wie jeden August zu Besuch bei lieben Freunden, die einen Bauernhof bewirtschaften, der auf einer von der Natur idyllisch angelegten Anhöhe über dem Lac de Neuchâtel liegt.

Im Laufe des Tages trafen immer mehr Bekannte, Freunde und Familienmitglieder aus der unmittelbaren Nachbarschaft, der näheren Umgebung und weiter entfernten Landesteilen ein, und bald sassen mit wenigen Ausnahmen die gleichen Leute beisammen wie jedes Jahr.

Mittels eines Geplauders aus verschiedenen schweizerdeutschen Dialekten und einigen leidlich gut erhaltenen Schulfranzösischruinen pflegten wir unsere Beziehungen auf archetypische Art mit fortwährendem Palaver und stetigem Essen und Trinken.

Vom Garten aus kann man vom ansatzweise sichtbaren Yverdon linkerhand bis zum Fuss des Chasseral rechterhand fast den ganzen See überblicken, und dieses Panorama war uns lieb, vertraut und schon so selbstverständlich geworden, dass wir mittlerweile sogar bei diesigem Wetter den Hafen von Cudrefin oder das Fussballstadion von Neuchâtel auf den ersten Blick ausfindig machen konnten.

Die wohlbekannte Aussicht, die vertrauten Gesichter, das gewohnte Programm und die alljährliche Wiederholung des Treffens zum immer gleichen Zeitpunkt gaben uns ein wohltuendes Gefühl der Beständigkeit und Sicherheit, über das keiner bewusst nachdachte und das darum wohl um so stärker wirkte.

Unzählige Male schon hatten wir fasziniert beobachtet, wie sich der Anblick der Landschaft unter dem Einfluss wechselnder Wetterlagen und der verschiedenen Tageszeiten darbot.

Aber an diesem Abend, nach einem brütend heissen Hochsommertag mit einem nur ab und zu barmherzig kühlenden leichten Wind präsentierte Mutter Natur in ihrem Landschaftstheater eine aufwühlende, einzigartige und mächtige Vorstellung, die uns mit Leichtigkeit alles Gewohnten enthob.

Als das Schauspiel begann, plätscherte unter uns Zuschauern noch das vor Vorstellungen übliche Geplauder dahin, das aber nach der Vorhangöffnung beim Anblick des Bühnenbildes in Laute ungläubigen Staunens überging, um schliesslich ehrfürchtig kontemplativem Schweigen zu weichen.

Erste Szene: Dieses Licht!

Am Horizont flammte behutsam weich ein Hintergrundlicht auf, das mit einem Farbverlauf von sanftsattem Aprikosenorange über zahllose Gelbtöne bis zu unendlich transparentem Grauweiss die dunstige dreidimensionale Ansicht der Hügelketten zu einer einzigen scharf geschnittenen dunklen Kulisse verschmolz, die keinerlei Entfernungsschätzung mehr zuliess.

Rund um den Bühnenboden des Sees leuchtete wie winzige Bühnenrandlichter die vom Menschen geschaffene Armada der elektrischen Lampen auf; manche ruhig und scharf begrenzt wie Leuchtdioden, manche müde schimmernd wie verstaubte Kellerlampen, manche lebendig glimmend wie Glut, manche geschäftig flackernd wie Kerzen im leichten Wind, manche in bunten Farben und manche auf der Reise von hier nach dort.

Zauberhaft erschienen sie in ihrem Zusammenspiel.

Zweite Szene: Dieser See!

Seine Oberfläche glich seidenmattem, unendlich fein geriffeltem Glas, das zur Tiefe hin auf wundersame Weise wie dichtes Gas erschien, welches sich in amorphen Wolken unmerklich langsam verschob, dabei laufend verschiedene Zonen von kaum unterscheidbarer Dichte schaffend, durch die eine geheimnisvolle blaue Untergrundbeleuchtung flutete.
Es war abgrundtief schön.

Dritte Szene: Dieses Blau!

Das Blau des Wassers leuchtete mal satt, mal pastellfarben aus sich selbst heraus, erschien durchscheinend metallisé, puderfein glimmerbestäubt, augenschmeichelnd kühl, unendlich ruhig und unvorstellbar tief. Es glich dem Kornblumenblau, aber dann doch wieder nicht. Es war wie Postkartenmeerblau, aber eben auch nicht so ganz.

Es war ein Blau ohne Namen; eines, das es noch nie gegeben hatte und nie wieder geben würde.

Dann legte sich allmählich auch der letzte Schimmer des Abendlichts schlafen und nahm, wie seit Anbeginn der Zeiten, für die Dauer der Nacht die Farben mit sich fort. Übrig blieben die Unendlichkeit des Himmels und die dunkle unbestimmte Masse des Landes.

Mit mächtiger und doch unendlich leichter Hand hielt die Natur die Zeit an, und für eine Weile sassen die Götter an unserem Tisch.

Epilog

Irgendwann kehrten wir allmählich zurück in die klar umrissene Welt der Dinge, zurück in die Zeit der Menschen. Unsere Aufmerksamkeit richtete sich wieder auf die nahen Gegenstände, den Tisch vor uns, das Glas darauf, die Kerze daneben.

Erste Worte fielen in die Stille und zogen andere nach sich, und bald unterhielten sich alle angeregt über ihre Eindrücke vom soeben zu Ende gegangenen Naturschauspiel. So verschieden, wie wir waren, hatte uns dieses Erlebnis doch alle gleichermassen verzaubert und vereint, in Demut gegenüber der Schöpfung und in der Dankbarkeit dafür, ein Teil von ihr zu sein.

Ganz und gar uneins blieben wir jedoch in der Frage, wie lange das Phänomen gedauert haben möge. Die Schätzungen reichten von einigen Augenblicken bis zur Ewigkeit.

Ich bin ganz sicher, dass sie alle stimmen.

Wintermorgen im Hochtal *locker*

Es ist sieben Uhr vierzig an diesem Morgen hier in Bernau-Hof im Schwarzwald.

Dämmrig und diffus dringt das Licht durch die dichte hellgraue Schneewolkendecke. Leise und langsam taumeln vereinzelte winzige Schneeflocken zu Boden. Auf den Feldern liegt eine dicke Schicht reinweissen unberührten Schnees. Die Tannen sind überzuckert, und ihr Grün wirkt schwarz im Kontrast zu der hellen Schneekappe. Hier ist der Schwarzwald, und seine Farben sind im Winterschlaf.

Kein Lüftchen weht. Das Vieh wartet in den Ställen auf den Frühling, und die Menschen bleiben bei dieser Kälte in der Morgenstunde noch in den Häusern. Bewegung herrscht einzig bei den Kohlmeisen, die wie kleine Bälle auf der Suche nach Samen durch die Sträucher hüpfen.

Ein Eiszapfen in der Nähe einer wärmenden Hauswand knackt, und man hört die eigenen Atemzüge. Die Stille lässt einem diese leisen Geräusche laut und wichtig erscheinen. Es riecht nach frischer Kälte.

Ach ja,
und welchen Tag haben wir heute eigentlich?

Wintermorgen im Hochtal *mittel*

Der Tag erwacht.

Dämmergrau sickert das Licht durch den Schneewolkenhimmel.
Daunenfederschneeflöckchen taumeln sanft zu Boden.
Reinweiss sind die Felder, schwarz das Tannengrün unter dem Zuckerguss.
Die Farben des Schwarzwalds sind im Winterschlaf.

Der Wind ruht, das Vieh steht in den Ställen, die Menschen bleiben im Haus.
Alle Bewegung steckt in den Meisen, die, in den Gebüschen turnend, nach Samen suchen.

Ein Eiszapfen knackt, mein Atem geht.
Die Stille macht das Leise laut.
Ich rieche die Kälte.

Welchen Tag haben wir eigentlich?

Wintermorgen im Hochtal *dicht*

tagwache

dämmergrau der schneewolkenhimmel
daunenfederschneeflocken auf reinweisse felder
schwarz der wald unter zuckerguss
die farben sind im winterschlaf

kein wind
das vieh in den ställen
die menschen im haus
die meisen turnen im gebüsch

eisgeknister
atemzüge
die stille macht das leise laut
und es riecht nach kälte

welcher tag ist heute?

Ein Anfang

Eine Fliege möchte, dass ich mit ihr spiele
und beendet meinen Schlaf.
Die Sonne wärmt Gesicht und Sinn.
Ich weiss nun wieder, wo ich bin,
und wer ich bin, hilft der Kaffee heraus zu finden.

Gestern Abend wollte ich noch etwas schreiben,
liess es aber bleiben und vergass.
Es war wohl wichtig
oder auch nicht ganz so gar.
Vielleicht erinnerst Du mich dran.

Komm herein, die Tür ist offen.

An jenem Tag

An jenem Tag,
an dem die Nacht sich froh entschwärzt
und es schneller heller graut …

An jenem Tag,
den der Morgen zärtlich rötet
und die Sonne sinnlich goldet …

An jenem Tag,
an dem die Wiese taufrisch grünt,
die das Rindvieh danach bräunt …

An jenem Tag,
den das Veilchen violettet
und der Hahnenfuss begelbt …

An jenem Tag,
an dem sich alle deine Backen
unter meinen Händen rosen …

An jenem Tag,
da mach ich freudig blau.

Bessere Zeiten

In den guten alten Zeiten war alles schöner.
Das Morgenrot war röter,
und die Stille war stiller.

In den guten alten Zeiten war alles klarer.
Man wusste, was man zu wissen hatte,
und hatte zu schweigen, wenn man es besser wusste.

In den guten alten Zeiten war alles geordneter.
Prügel waren wohlverdiente Prügel,
und der Teufel wartete beim Fegefeuer.

In den guten alten Zeiten war alles gerechter.
Wer arm war, war selber schuld,
und dann gab es noch die Reichen.

In den guten alten Zeiten war alles anständiger.
Die Alten gaben den Anstand an die Jungen weiter,
selbst den, den sie selber gar nie hatten.

In den guten alten Zeiten war alles einfacher.
Man tat das, was man musste,
und entsprechend war das Leben.

In den guten alten Zeiten war alles sicherer.
Vor allem die Erkenntnis,
dass die Zeiten vor den guten alten Zeiten
mit Sicherheit viel besser waren.

An mich

Ich hab mich neulich selbst verlegt,
so nebenbei und sehr zerstreut.
Hab mich am Anfang nicht vermisst,
und als dann doch, nicht mehr gefunden.

Erst tat es gut, allein zu sein,
so leicht, nur ich, ganz ohne mich.
Doch ob dieser Leichtigkeit
Vermisst ich die gewisse Schwere,
die dem Leichten Boden gibt.
Und ausserdem hatt' ich genau
die Inspiration mit fort genommen,
die mir eben erst gekommen,
und die ich für so wertvoll hielt.

Falls Du mich siehst, dann richt' mir aus,
es sei nicht Absicht, nichts Persönliches,
ich solle nicht beleidigt sein.
Vor allem tät' es mir auch leid
um mich und mich, ich hätte mich
halt schon ein wenig gern.

Heisse Liebe

Da liegst du nun und schaust mich an,
weichst meinem Blick nicht aus.
Ich greife zu, ich fass dich an
und pack dich langsam aus.

Dein nacktes Fleisch dampft herrlich warm,
du riechst so tierisch gut,
verwirrst mich sehr mit deinem Charme,
dein Duft wärmt mir mein Blut.

Ich liebe dich unendlich heiss,
ich gebe dir fünf Sterne.
Ich liebe dich von Kopf bis Steiss,
hab dich zum Fressen gerne.

Ich denke schon ans nächste Mal
während ich noch kau.
Ich fand dich schlicht phänomenal,
du mein Gedicht, Forelle blau.

Mischling

Die Mücke mit den blauen Augen
geruhte Paulchens Blut zu saugen.
Wie war da seine Freundin platt,
weil Paul nun einen Blaustich hat.

Jedoch, des Schicksals ganze Tücke
traf ihn, als ihn auch die Mücke
mit den gelben Augen frass.
Nun ist er grüner als das Gras.

Klosterleben

Eines Morgens hing im Kloster
neben Jesu Holzfigur ein Poster.

Es zeigte ein Mädchen, ein kaum verpacktes.
Ach, geben wir's zu: ein völlig nacktes.

Vielleicht war ja das Frauenzimmer
Maria, eine Jungfrau aber nimmer!

»Schaut nicht hin«, schrie gleich der Abt,
»und nennt den, der das hingepappt!«

Die Mönche, sonst der Lug abhold,
fanden, jetzt sei Schweigen Gold.

Das Bildnis wurde abgehängt
und, wie gewohnt, gekonnt verdrängt.

Nur Jesus habe, wurd' geraunt,
die Schöne lächelnd angestaunt.

Feuerwerk

Wenn im irren Wirbeltanz
der Sonnenkranzprotuberanz
Supernovablumen blühen
und in der Sommernacht verglühen …

Wenn aus spitzen Feuerzitzen
Glitzermilch und Hitze spritzen,
taghell Lichtergischt aufsteigt,
faucht und bald schon wieder schweigt …

Wenn Kinder stolz mit bunten Lichtern
vor russgeschwärzten Glücksgesichtern
Phantasiefiguren wehen
die sekundenschnell vergehen …

Wenn Blitze in den Himmel steigen
mit Funkenmeer und Lichterreigen
um unsre Sinne zu umwerben
und im freien Fall zu sterben …

Wenn tausend kurze Lichterfürze
mit einer hellen Funkenschürze
sprühend steile Bahnen ziehen
und der Erdenkraft entfliehen …

Wenn es knallt und kracht und rattert,
pfeffert, donnert, grollt und knattert,
wenn ob all den Lärmgewittern
Trommelfelle kräftig zittern …

… dann brutzelt das Testosteron –
mehr noch im Vater als im Sohn.

Reim aufs Leben
___

Ich mach mir meinen Reim aufs Leben
am Liebsten unter holden Reben
und geh mit Freunden einen heben.
Will mir das Schicksal eine kleben,
werde ich mich nicht ergeben.
Ich will nach höhern Weihen streben,
mir meinen Glücksstrang selber weben,
alleweil mein Bestes geben
und vor lauter Glück erbeben.

Empfandest Du die Zeilen eben
allesamt enorm daneben,
so bitt ich Dich, mir zu vergeben.
Sie haben sich, so wie das Leben,
eben einfach so ergeben.

menschenskind!

ich fühle

wie kontinente reiben
unter tönernem boden
wie geier fürchten
vergiftete beute
wie ich mich ergebe
dem alltag
der allnacht
und ...
der hoffnung

ich denke

ja
klar doch
so wird es sein
es war wohl immer so
es ist wohl immer so
es wird wohl immer so sein
ewig die fragen
und ...
die hoffnung

ich sage

gut so kind
schau auf kind
mach weiter kind
ich schreibe
ich arbeite
ich trinke
auf deine zukunft
und ...
die hoffnung

!

Ein Jahr, ein neues

Ein Jahr vergeht auch ohne mich,
da halt ich lieber mit ihm Schritt,
sonst behält es sich für sich,
und ich bekomme gar nichts mit.

Mitgegangen - mitgehangen,
ich weiss es wohl, nehm' es in Kauf.
Lächeln, weinen, hoffen, bangen
gehören fix zum Jahreslauf.

Das Grundprogramm bestimmt das Leben,
und so komme, was da wolle.
Wir werden uns viel Mühe geben,
auf dass auch komme, was da solle.

Mich kümmert wohl das Jahr, das geht,
und hoff, dass ich daraus was lerne.
Nur reizt mich mehr, was neu entsteht,
mich hat die Neugier doch so gerne.

Jeden Tag beginnt ein Jahr
und übers Jahr ein weiteres.
Wie immer auch das letzte war,
ich wünsch uns heut ein heiteres.

Alles Gute

Ich wünsche dir und ihr und mir
ein Abendwolkenhimmeltier,
ein Habdichlieb im Streichelregen,
eine Vierblattkleeallee an allen Wegen,
im Garten eine Glücksschweinsuhle,
eine Engelsgeduldsfadenspule,
deren Zwirn die Stricke spleisst,
die das Schicksal gern zerreisst,
und – auf dass der Schluss sich reime –
ein pralles Säckchen Hoffnungskeime.

Zeit Punkt

Der Jahreszähler springt um einen Einer,
und tät' er's nicht, was kümmert' es die Zeit.
Vielleicht fällt etwas Schnee, vielleicht auch keiner.
Spät kommt der Morgen, früh die Dunkelheit.

Ein Jahr geht, eins kommt, der Alltag bleibt;
Grund genug für Sprüche und ein Fest.
Die Wälder ruhen, und der Winter treibt
die Winterschläfer in ihr Winternest.

Mal haben wir's gewonnen, mal verloren,
das flatterhafte Wunderding: das Glück.
Ein Wesen stirbt, ein andres wird geboren.
Was vergangen ist, kommt nicht zurück.

Gestern noch war heute doch erst morgen,
Und morgen wird es gestern und vorbei sein.
Aber heut ist gestern gestern und morgen morgen,
und heut soll heute nichts als heute sein.

Was?

Was? Ein neues Jahr? Schon wieder?
Wir hatten doch soeben eins!
   So eins mit Wünschen und Begehrlichkeiten,
   Heidenspass und Eitelkeiten,
   Friede, Freude, Eierkuchen,
   Lachen, Weinen, Lieben, Fluchen …
   Ein Menschenjahr halt eben,
   wie das vorher und das zuvor.
Kaum vorbei, fängt's wieder an.
Man kann es drehen oder wenden,
wir hatten nie die Wahl,
es ist ein Pflichtabonnement.
   Das Jahr, Schosskind der Sonne,
   kehrt wieder in stetigem Wechsel,
   eins nach dem andern,
   gezählt von den Menschen
   seit Christi Geburt.
Was? Ein neues Jahr? Schon wieder?
Her damit und fertig los!
   Wir machen das Beste
   oder besser noch was Bessres draus.
   Das wäre doch gelacht.
   Basta! Fertig! Abgemacht!

Liebes neues Jahr

Du unterwirfst uns
dem unverrückbaren Lauf der Zeit
und gebietest uns, das Kommende zu meistern:
    Fordernd.

Du hast unsere Besorgnisse,
Vorfreuden, Pläne, Wünsche
und Träume entgegengenommen:
    Unverbindlich.

Du gibst uns ein Jahr Zeit,
Gutes und Schönes
zu empfangen und zu bewirken:
    Erwartungsvoll.

Und Du wirst
nach diesem Jahr
gehen, wie Du gekommen bist:
    Unausweichlich.

Deswegen,
und in der Hoffnung auf
eine gute Zusammenarbeit:
    Herzlich willkommen!

Segen

Segnen wir die Ewigkeit,
die im Rahmen ihrer Existenz
auch unsre Existenz ermöglicht.

Segnen wir das Jahr,
das Kind der Sonne, welches
alles Leben und Erleben rundet.

Segnen wir den Tag
und seine dunkle Schwester Nacht,
die den Morgen und den Abend schaffen.

Segnen wir den Augenblick,
der die Geschichte
in ein Vorher und ein Nachher teilt.

Segnen wir das Hier und Jetzt,
das Vergangenes vorbei sein lässt
und die Zukunft nicht erwägt.

Segnen wir den Urknall,
der die Materie und den Raum
gemeinsam mit der Zeit entfesselte,
ohne die nie etwas wüchse
und Geburt und Tod nicht wär.

Segnen wir das endlos Endliche,
segnen wir das Zeitliche.

textgerippe

dichten
beinhart
der
job
noch
nicht
einmal
ein
handlungsskelett
wie
wird
das
wer
knochen
den

[2] Endnote S. 104

Akrostichon

G eboren worden bin ich

O hne Gedanken an den

T od.

T odsicher wird er aber kommen,

E h ich mich verseh.

S achte wohlwollend oder ungebeten streng.

A uf alle Fälle bitte ich Euch

C hristenvolk:

K einer soll sich grämen, wenn ich dereinst in der

E rde

R uhe.

[3] Endnote S. 104

Mit de Joore

Wenn den allbott über d Joor
ryffer wirdsch, und Silberhoor
dr voorzue lugger Schopf gremänzle;
wenn sälli Gränze zwüschem Spränzle
und em Ränzle schmaler isch;
wenn de langsam weisch wär d bisch,
was d im Lääbe wirgglig wottsch
und was de woo nit mache sottsch;
wenn den anderscht ass e Binggis
dr Unterschiid weisch zwüschem Minggis
und den Edelstei im Lääbe;
wenn d nümm an Modetrends muesch glääbe
und ab Lifestylezüüg kasch schmunzle;
wenn dyni Runzle dyni Runzle
döörfe syy und döörfe blyybe;
wenn de nüt me überdryybe
muesch zum andere z imponiere
und baraat bisch z akzeptiere
ass s kei Aafang ooni Ändi git;
no möcht y dää gsee, wo das nit
mit dir zämme fyyre wott,
wie men amme fyyre sott,
wenn s Lääbe voller Lääben isch,
füdlewurscht, wie alt de bisch.

[4] Endnote S. 104

Muetterdaag

Muetterdaag? - Ych weiss nit gnau,
was das söll und frog drum au:
Was isch denn mit den andre Dääg?
Ych ha doch uff mym Läbenswääg
alldaag und vo Aafang aa
allewyyl e Muetter ghaa.
S allererschte Buschifuetter
bikunnt men ämmel vo dr Muetter.
Me verliert bekanntlig zwoor
d Erinnerig an d Gleikindjoor.
Aber gnau in dääne Zyte
wyycht kein em Mammi vo dr Syte.
Vo denn aa, weisch es sälber gnau,
git s kei Daag wo nit die Frau,
wo dii geboore hett, dy Muetter isch.
Wäär und was und wie de bisch
hett si greftig mitbestumme.
Dääwääg isch si alldaag umme.
Es isch wie s isch. Dy Muetter isch
in Dir, wie Du in iire bisch.
Jede Daag isch Muetterdaag,
Vatter-, Kinder-, Menschedaag.

Goldigi Hochzyt. E Rezäpt.

Eff u eff eff zett i gee
jott o o err sinn persee
amme Menschelääbe gmässe
lang , das daarf me nit vergässe.
Wenn öbbis so lang heebe sott,
ka me nit nur, wie me wott.
Ass die Verbindig suuber gläbt,
bruucht s en altbewäärt Rezäpt:

Me nimmt zää Kilo Liebi und
verriert si mit gnau siibe Pfund
gägesyttigem Verdraue,
derbyy sottsch mögligscht nüt versaue.
E Güggli Glügg muesch drunder ziee,
gib dr doo ganz bsunders Mie.
Wemme nämmlig z fescht däät gnätte,
wurd s dä luftig Schuum verjätte.
E Prise Hoffnig und ungfoor
zwei drey Löffeli Humoor,
Grips bruucht s au e Fingerhuet,
no grootet s Grundrezäpt scho guet.
Schlawyyner und Schlawyynere
könne s no verfyynere:
Wäär flyssyg schafft und bätzelet
und mit em Schätzli schätzelet,
däm längt s au no als Garnitur
für e Buscheliglasur.

Mänggi dien speziell goutiere,
ass me meerfach ka glasiere.

So wyt, so guet. Jetz muesch studiere,
wie de s Ganz kasch konserviere.
E sone lääbigi, früschi Sach
ghöört eifach nit in s Tiefkielfach,
und s Dörre näämt die ganzi Graft
us em stargge Lääbessaft.
Yymache darfsch s nit mol zur Not,
sunscht isch es vor em Stäärbe doot.
Kelti, Vakuum, Droggeheit
schade numme, drum syg s gseit:
Am lengschte hebt die Heerligkeit
bekanntlig mit dr Eerligkeit.
Und Eerligkeit bruucht Kondition,
d conditio sine qua non.

Und hett s jetz als no z weenig Sprutz,
würzt me nooche, gopfridstutz.
Mit Öl und Essig, Pfäffer und Salz.
E rächt e Guete. Gott erhalt s.

Hauptsach s wöölelet

Dr Puls wird schnäller, s Hirni dampft,
dr Schweiss bricht us, dr Maage grampft,
dr Buuch wird hart und d Biire weich,
s isch alli Joor dr glyychi... Blödsinn:
Wie allewyyl hett niemer dängg
Ydeee für s Geburzdaagsgschängg.
Dr Einti frogt emol die Ander,
öb men einzeln oder mitenander.
Si ryybe sich verzwyyfled d Händ
und moleschtiere zletschtemänd
mit iirer Bitt um Hilf dr Dritt.
Ooo – hätte si doch nit!
Dää hett nämmlig au kei Dunscht.
Muusig? Guetschyyn? Gleider? Kunscht?
Zmitz in dr Misère bsinnt
äär sich zum Glügg, s Geburzdaagskind
heig doch letschti sälber gseit,
me nääm nüt mit in d Ewigkeit.
Ääs wurd nüt Neus me aquiriere
und eender vorzue reduziere.
Die Haltig kunnt jetz schampaar gläägen
und de Gschluuchte schwäär entgääge.

Me schänggt drum statt e Huffe Sache
e glatten Usflug mit vyyl Lache,
e Hampfle Sprüch, e wäärschaft Znacht,
vergängligs Züg, wo zfriide macht.
Vergänglig zwoor, und einewääg
blybt villicht uffmen andre Wääg
glyych öbbis übrig vo däm Daag,
wo me sich draa bsinne mag.
S sinn villicht seelischi Trouvaille,
zwei Santimeter mee um d Taille,
e liebe Drugg, e guete Witz...
Hauptsach, s wöölelet e bitz!

Zoo-Logik

Dr Zolli schliesst, es isch scho säggsi,
d Mensche wäärde glyy ewägg sy.
    Kei Blitzliecht me und Gottseidangg
    kei Goofegschrey und Fryttegstangg.
Und jetz, wo s ändlig Rue gää hett,
wott nit en einzig Dier ins Bett.
    Kei Vyych wott scho go schloofe goo,
    die Nachtaggdyfe sowisoo.
Bis dief in d Nacht herrscht gspannti Rue,
aber denn goot s dierisch zue!

    Uff keim Bei, zwei Bei oder vier
    dräffe sich jetz alli Dier
vom Graumull bis zum Elifant
uff em Blatz bim Reschtorant.
    E Haifisch vom Vivarium
    erschyynt mit sym Aquarium.
S Lama isch denn au no koo,
drum weiss me, jetz sinn alli doo.
    Dr Ylp drumbeetet dreymool lutt,
    und dr Leu stygt resolut
majestätisch uffe Disch
und wartet, bis es lyslig isch.
    »Ych begriess euch zue dr Sitzig.
    Ych bi dr CEO, stargg und witzig.
Ych bi dr Chef, ych bi dr tolli
„Yes, we can - Guru" vom Zolli!«
    »Känguru?« schreyt s Känguru,
    »das bin ych, das bisch nit du!«

»Ych bi King, ych bi dr Leo,
ka jetz d GV ändlig aafoo?
   E Traktandum git s fascht keins,
   gnau gnoo nämmlig nummen eins:
Das sinn d Feerie vo den Affe,
die mache mir persöönlig z schaffe.
   Worum nur die und ych no nie?
   Ych möcht au Feerien yynezie.
Afrika käämt mir grad rächt,
e Safari wäär nit schlächt!
   S Schimporillang Utans gniesse
   s dolce vita. Mir mien s biesse
und mache no für d Lüt dr Aff.
Erhooligszyt vom Zolli-Kaff
   wäär nüt ass rächt als Loon,
   drum underschryybed d Petition.
Wäär e Dier isch, isch derby,
do kaa me nit dergääge sy!«
   »Das ka me soo und soo gsee« zischt
   s Chamäleon. »Verzell kei Mischt«,
blocheret s Nashorn voller Wuet,
»nur deheim isch alles guet.«
   D Termite wänn ass Turmexpärte
   iir Knowhow bim Durmbau zu Basel verwäärte.
Si heigen Uffdrääg vo de Bonza
vo dr Roche und vo dr Lonza.
   Und dr Storch wott um s Verworgge
   im neue Kispi d Buschi bsoorge.

E Draum wurd woor, es syg dr Hit,
nur d Faarbe doört verdraag är nit.
   Dr Vogel Struuss bringt s bsunders digg,
   är syg wie gmacht für d Politik!
Zum Nigginäggi wetti s Ren,
d Eule möcht gärn uff Athen.
D Rinder wänn zum Heimetwärgg,
dr Esel an e steile Bärg,
   und denn mit eme Hammersong
   an Contescht Eurovisiong.
Dr Wildsauferiewunsch, das sag dr,
isch bi däm säuische Charaggder,
   saugföörlig. Si wänn in Ekstase
   im Auti und uff Skier raase.
S Krokodil muess überleege:
»Ych blyb, und Hauptsach: nit beweege«.
   Druffaabe muess es schampar gääne
   und verdruggt no gschnäll e Drääne.
S Flusspfäärd ziet s grad ganz nit uuse:
»Im Zolli ka me gmietlig pfuuse,
   baaden und e Huffe frässe.
   Ych und uuse? Kasch vergässe!«
E Mufflon mufflet: »Soziseich,
Fümfer und Weggli, biireweich!«
   Em Leo-CEO schwaant nüt Guets
   für d Petition. Är brielt: »Jetz duet s!
Mir wänn e Petition verfasse,
und als no schwygt die schwyygend Masse.
   Giraff, Zebra, Gepard, Lori,
   Was dännge dir denn gopferdori?«

D Masse hett sich nit vyl dänggt.
S Ässe syg im Zolli gschänggt,
    und Mieti miess men au nit ryybe,
    do könn me grad im Zolli blyybe.
Em Leu wird s drümmlig in dr Schüssle:
»Hett no öbben öbber öbbis z rüssle?«
    Joo, seit dr Elifant verlääge,
    es kääm sym zarte Gmiet entgääge,
wenn är emol inkognito
ins Porzellangschäft dörfti goo.
    E Geissli meggeret: »Was wottsch?
    D Plebs isch allewyl dr Dotsch.
De meischten isch jo s meischte wurscht,
si wänn e Stall, hänn Schloof und Durscht.«
    Dr Leo mag nümm wyterloose,
    sy Petition isch voll in d Hoose.

Am Moorge mergge d Zollilüt
vo däm Nachtspektakel nüt,
    usser ass die Dier, die doofe,
    allewyyl no alli schloofe,
und uff de Wäägli und de Disch
alles so versch... miirt isch.
    S wird putzt und gruumt und pflägt,
    bis d Bsuecher kömmen isch s perfäggt.
Numme d Kinder mergge glyy:
Dr Leu luegt hüt so druurig dryy!
    Und so lääbe d Dier ergääbe
    wyter s gwoonti Zollilääbe.
Was söll das Gschyss? Und sowisoo:
Bald sinn d Primaate wider doo.

Au öb das Ozeanium
emol mit vyyl Brimborium
uff d Heuwoog kunnt, wäär weiss?
Was me nit weiss, macht eim nit heiss.
Nur s Sumpfhuen hett syy Meinig bhalte
und allewyyl dr Schnabel ghalte.
Äs goot all Joor drey Dääg in d Stadt
und hett s drey Dääg lang schampar glatt.
Und du kasch boore wie de witt:
Was ääs dört macht, verroot ych nit!

E Fasnachtszeedel,
2011 gschriibe für d

[5] Endnote S. 104

2013 bei BoD erschienen:

AUFGERÄUMT
eine Erzählung

ISBN: 978-3-7322-4682-3

Endnoten

[1] Der Pegasus der griechischen Sage, ein Flügelross und Kind des Poseidon und der Medusa, entsprang dem Rumpf seiner Mutter, als Perseus dieser das Schlangenhaupt abschlug. Auf dem Berg Helikon habe Pegasus durch Aufstampfen eine Quelle (altgr. »pege« für Quelle) erschaffen, deren Wasser die Dichter trinken. Deshalb nennt man Pegasus auch das »Dichterross«.

[2] Der Text entstand auf eine Anregung in einer Schreibgruppe hin: Der letzte Satz sollte das Wort »Knochen« enthalten.

[3] Ein Akrostichon ist ein Gedicht, bei dem die Anfangsbuchstaben der Zeilen ein Wort ergeben, das das Thema des Textes enthält. Die deutsche Bezeichnung für Akrostichon ist Leistenvers.

[4] Der Text besteht, bei grosszügiger Auslegung der Satzzeichenregeln, aus einem einzigen Satz.

[5] An der Basler Fasnacht werden von den Cliquen die »Zeedel«, längere Mundartgedichte auf Zetteln, dem Publikum am Strassenrand verteilt. Der Zeedel »Zoo-Logik« findet sich, zusammen mit 28 weiteren Zeedeln des Autors, in der mit vielen Bildern und Informationen garnierten Broschüre »E Buschle Zeedel«. Sie ist über die Internetseite jotjotstudio.ch erhältlich.